어린이 탐구 생활

어린이 탐구 생활

초판 1쇄 발행 • 2026년 1월 23일
초판 2쇄 발행 • 2026년 2월 3일

지은이 • 이다
펴낸이 • 염종선
책임편집 • 박화수
펴낸곳 • (주)창비
등록 • 1986년 8월 5일 제85호
주소 • 10881 경기도 파주시 회동길 184
전화 • 031-955-3333
팩스 • 영업 031-955-3399 편집 031-955-3400
홈페이지 • www.changbi.com
전자우편 • enfant@changbi.com

어린이 탐구생활

이다 지음

직업: 초등학생

어린이 이다

키:
138cm

시력:
2.0/2.0

좋아하는 것:
바다, 나무 타기,
책 보기, 라디오 듣기,
디즈니 애니메이션
♪♬～

최애 캐릭터:
리틀 트윈스타 ☆☆

취미:
그림 그리기,
골동품 수집

좌우명: 살다 보면
그럴 수도 있지

창비

차례

1부

오늘의 어린이

2부

세상에는 다정함이 필요하다

세상엔 수많은 어린이가 있다.

크하하하하

작은 일에도
잘 웃는 어린이

ㅋㅋㅋ!!

다른
친구들을
놀리는 게
즐거운 어린이

성적 때문에
우울한 어린이

난 평생
○○ 안 할
거야!

쉽게 맹세하는
어린이

득득득

평생 게임만
하고 싶은
어린이

슬라임
따라
하기

이거
나야

유명해지고 싶은
어린이

급식 먹으러
학교 오는
어린이

친구들과
다른 게
싫은
어린이 등등...

응
나만 까만 가방...

이 어린이들은 반드시 어른이 된다.
단 한 명의 예외도 없다. ← 당연한 소리...

> 슬프게도 현대 기술로는
> 어린이가 어른이 되는 걸
> 막을 방도가 없지. ← 반대도 마찬가지

가끔 신기하다.

쭛!
요즘 애들이란!

난 애들이 도무지 이해가 안 가~~~

엄만 너처럼
안 그랬는데!
누구 닮았지?

질질

어른들 모두가
한때는
어린이였다는 게
말이다.

우리 모두는 어린이였다.
이 당연한 사실을 잊고 처음부터 어른으로
태어난 양 뻔뻔하게 행동한다.

이제 다시
어린이로
돌아가 보자.

깨어나라...

내 안의 잠들어 있던 어린이를 깨워

탐구해 보자.

나는
어떤 어린이였을까?

깨어난 어린이와 함께
지금의 어린이를
탐구해 보자.

자, 지금부터 시작이야.

직업 : 초등학생

어린이 이다

장래 희망 : 화가, 고고학자, 서점 주인, 사물놀이 패

얼쑤!

키 : 138cm

시력 : 2.0 / 2.0

취미 :
그림 그리기,
골동품 수집

좌우명 : 살다 보면
그럴 수도 있지

좋아하는 것 :
바다, 나무 타기,
책 보기, 라디오 듣기,
디즈니 애니메이션
♪♬~

결혼 계획 : 27세에
결혼해 2남1녀 놓기
내가 오빠 2명이 갖고 싶었음

싫어하는 것 : 매국노,
사치, 외제품 ← 꼰대 어린이
였음

특기 : 여자애들 괴롭히는
남자애들 박치기로
응징하기
팡!
← 석두로 유명했던
어린이 이다

최애 캐릭터 : 리틀트윈스타 ☆☆

직업: 일러스트레이터 📖

어른 이다

장래 희망: 국민 작가 되기

2d A

키: 159cm

시력: 0.7 / 0.3

취미:
미드 보기,
게임, 관찰

좌우명: 작가의
인생은 길다

좋아하는 것:
기차, 여행,
내 그림 보기,
책 사기
└책 보기 아님

결혼 계획: 글쎄 ······.

싫어하는 것: 날계란,
초 치는 사람, 불편한 의자,
음쓰 버리기

최애 캐릭터:
헬로키티 🎀

특기: 재미없는 곳에서
재미 찾기

1부

오늘의 어린이

오늘의 어린이를 기다리며

사람들은 "요즘 애들은 달라."라는 말을 많이 한다. "요즘 애들은 이상해."라든가 "요즘 애들은 이해가 안 가." 같은 말도 들린다. 소크라테스도 요즘 애들은 폭군이라 미래가 암담하다고 했다니 세대 간 불화는 인류가 생긴 이래 계속된 현상이 분명하다. (하지만 내가 볼 때는 '요즘 애들'보다도 '요즘 어른'들이 문제인 경우가 많다.)

사실 20대까지는 어린이들을 좋아하지 않았다. 어린이를 '말이 안 통하고 뭐든지 제멋대로 하는 주제에 아이라는 이유로 자기 행동이 다 용서될 거라고 믿는 생명체'라고 표현했을 정도다. "난 애들 안 좋아해."라는 말을 달고 살기까지 했다. (솔직히 남녀노소를 불문하고 인간 자체를 안 좋아하던 때이기도 했다.)

지금 생각해 보면 애라서 애를 안 좋아한 게 아닐까? 20대라고 해 봤자 어린이를 졸업한 지 6, 7년밖에 안 된 나이다. 초등 6학년이 막 입학한 1학년을 보며 "애들이란, 쯧쯧." 하며 혀를 차는 것처럼 그들과 나는 다르다고 선을 긋고 싶었는지도 모른다. 어른이라는 세계를 동경했고, 그 안에 당연한 듯속하고 싶었다. 지금 생각해 보면 어른이란 무엇인지 알지 못했고, 어른이 되어야 하는 나와 그렇지 못한 나 사이에서 갈팡질팡했다. 어린 시절과 달리 인생은 희망보다 실망으로 가득했고, 멘탈은 날로 쇠약해져 갔다. 그만큼 나는 나약했기 때문에 다른 이의 약함을 보살피거나 이해해 줄 강함이 없었다.

어린이에게 관심이 생긴 것은 그림책 때문이다. 20대 초반의 나는 그림책에 푹 빠졌다. 『난 곰인 채로 있고 싶은데…』 『마지막 거인』 같은 명작을 읽으며 나도 언젠가는 이런 그림책을 만들고 싶다고 생각했다. 어린이 도서관에 가서 그림책을 닥치는 대로 읽었다. 『모모』 『빨간 머리 앤』 『하이디』 같은 명작 동화도 어른의 눈으로 다시 읽었다. 어떤 책은 그림이 예뻐서 읽고, 어떤 책은 작가가 좋아서 읽었다.

어린이를 위한 책을 만들려면 그들에 대해 잘 알아야 했다.

어린이들을 만날 때도 예전과 달리 호기심이 샘솟았다. 어린 이들이 새로운 탐구 대상, 미래의 독자들로 여겨졌다. 그래서 어린이 한 명, 한 명을 만날 때마다 기회를 놓치지 않고 탐구 했다. 이 어린이는 어떤 사람일까? 또 어떤 세상을 가지고 있 을까? 나에게 어떤 이야기를 들려줄까? 어린이들은 세상에 존재하는 수많은 색깔만큼이나 다채롭고 색달랐다. "이건 뭐 야?" "이건 무슨 뜻이야?" "이건 어떻게 이렇게 된 거야?" 나 의 질문에 어린이들은 항상 다른 답변을 들려주었다. '똑같은 어린이'는 단 한 명도 없었다. 어린이는 모두 각자의 이야기책 이었다. (다 소재로 삼아 주마, 후후후……)

나는 뒤늦게 알아챘다. "내가 다르고 남이 다른 것처럼 어 린이도 모두 한 명, 한 명 다른 존재구나." (거참, 이 당연한 걸 이렇게 어렵게 깨달을 일인가?) 각자의 어린이가 모두 다 른 개성을 지닌 개별의 인격체라는 것을 이해하고 나니, 어린 이들을 대하는 자세도 달라졌다. 예전엔 '애들은 이래야 해.' '애들은 이럴 거야.' 하는 편견을 가지고 응했다면, 이제는 내 앞의 어린이가 지극히 낯선 존재이며, 새롭게 알아 갈 대상이 라는 사실을 인식하게 된 것이다.

"이다, 또 언제 와요?" 신기하게도 내가 관심을 가진 어린이는 나에게 큰 애정을 보여 줬다. 특별히 잘해 주거나 선물을 준 것도 아닌데 말이다. 난 그저 그 어린이의 세상을 궁금해했을 뿐인데, 그들은 그 사실을 오래 기억하고 간직했다.

내가 20대에 만났던 어린이들은 지금 모두 어른이 됐다. 지금 만나는 어린이들도 얼마 지나지 않아 어른이 될 것이다. 오늘의 어린이와 내일의 어린이는 어떻게 다를까? 또 10년이 지난다면 어떤 모습으로 달라질까? '요즘 애들'이 자라 어른이 되고 나면, 또 어떤 '요즘 애들'이 나타날까?

이 세상엔 끝없이 '오늘의 어린이'가 등장할 것이다. 오늘의 어린이, 내일의 어린이 모두 궁금하다. 어제의 어린이로서 그들을 꾸준히 지켜보며 함께할 것이다.

'어린이'라는 말

어릴 때 나는
'어린이'라는 말을
참 좋아했다.

그땐 어린이가
붙은 건
다 좋은 거였다.

I'm not a 꼬마.

아기였던 내가 어린이가 되다니!
뭔가 인정 받는 느낌이었을까?
아무튼 어린이라는 건 좋았다.

요즘 어린이들은 황당할 것 같다.

진짜 어린이를 두고
자기들이 어린이라고 하는
어른들이 많으니 말이다.

난 이런 사람들이
놀이터에서 아이들
그네를 빼앗아 타는
어른 같다.

더 황당한 건
'O린이'라는 말을
쓰는 사람들은
이 말을 주로 자기 자신을
낮추기 위해 쓴다는 거다.

나는
초보.

나는
아직 도움이
필요한
사람.

아직 잘
못하니 엄격한
잣대를
들이대면
안 되는 사람.

O린이

그냥 난 초보다. 많이 가르쳐 주시라
하면 될 것을 '어린이'까지 끌어와 귀엽게 포장한다.

도와주지 마세요.
내가 할 거야.

그런데 정말
어린이는 모두 아직 잘 못하고
도움이 필요한 존재일 뿐일까?

← 엄마가 가방 싸 주거나
숙제 도와주는 걸 엄청
싫어한 ○다 어린이

나는 궁금하다. 우리가 '어린이 = 도움이 필요한
미숙한 사람'이라고 표현할 자격이 있는지
말이다. 그 정도로 어린이를 도와주기는 하나...?

우리는 어린이에게 베푸는 것이 별로 없다.
오히려 내가 어릴 때보다 더 어린이가 살기
힘든 세상이 되었다.

진짜 어린이 연구

나는 늘
'진짜 어린이'가
궁금하다.

'진짜 어린이'란 무엇인가.

나는 (아쉽게도) 아이가 없다.
그런데 아이를 좋아하고
어린이책 작업도 많이 한다.
그래서 압박감이 늘 있다.

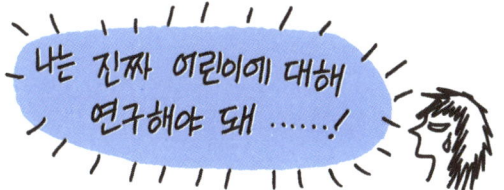

나는 진짜 어린이에 대해
연구해야 돼 ……!

나 나름의
연구 방법

아이고…
안녕하십니까…
(소중)

ⓠ 어린이를 한 명 한 명 만날 때마다
그 순간에 최선을 다해 알아 가기.

② 내 안에 있는 어린이를 최대한 원형 그대로 보존하고 잊지 않기.

'이다 어린이'를 소환합니다.

궁금한 것이 무엇인가?

그렇게 연구한 진짜 어린이의 특징

① 고집이 세고 완고하며, 적당히 맞춰 주질 않는다. ↔ 근데 유연하며 변화 가능하다.

어린이의 세상

어린이의 세상은 좁다.

자기 기준에서 벗어나면 거부감을 가진다.

하지만 놀랍게도 빨리 변화하고, 그걸 바로 자기 세상으로 흡수한다.

② 어린이는 웃길 때만 웃는다.

어른은 다양하게 웃는다.

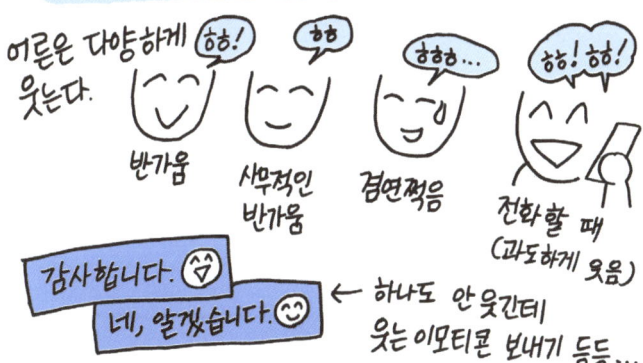

반가움

사무적인 반가움

겸연쩍음

전화할 때 (과도하게 웃음)

감사합니다.
네, 알겠습니다.
← 하나도 안 웃긴데 웃는 이모티콘 보내기 등등...

반면 어린이의 기본 표정은 이거다.

똥

← 미디어의 가짜 어린이

조숙한 어린이가 아니고는, 곤란할 때나 겸연쩍을 때 웃지 않는다.

아하 하하 하!!

뿡

TiP 똥과 방귀 이야기로 어린이의 99%를 웃길 수 있다.

TiP 자학 개그는 어린이가 이해하기 어렵다.

③ 호불호가 명확하다. 어린이는 자신의
관심 분야에 엄청나게 과몰입한다.

어린이의 '좋아함'과 어른의 '좋아함'은 다르다.
어른이 친해지고 싶어 어설프게 아는 척을 하다간
큰 화를 입을 수 있다.

④ '제일 좋아하는 것'이 정해져 있다.

제일 좋아하는 색: 노랑

'제일 좋아하는 색깔'
'제일 좋아하는 숫자'
'제일 좋아하는 계절'등이
명확히 정해져 있다.

반면 어른은
'제일 좋아하는 것'이
보통 한 가지가 아니다.

제일
좋아한다고 해서
그것만
좋아하는 것도
아니다.

제일 좋아하는 색:
음... 너무 어려운 질문인데...
일단은 초록색인데 그냥 촌스러운
초록 말고 민트, 아쿠아계열에서 약간
톤다운 된 계열? 근데 그걸 옷으로 입고
다닐 땐 별로고 (나한테 안 어울림)
입는 색으로는 흰색? 근데 그냥 흰색
말고 약간 우유색이 더 좋긴 해.
아, 이 질문 너무 어렵다..

진짜 어린이 시절
나도 엄마에게 매일 각종
'제일 좋아하는 것'을 취조했다.

엄마, 제일 좋아하는 색깔 뭐야?

제일 좋아하는 숫자는?

제일 좋아하는 동물, 식물은 뭐야?

엄마는 제일 좋아하는 거 없다.
어른은 원래 이것도 좋아하고
저것도 좋아하는 거데이.

취조
10년 당하는 中

그땐 엄마 말을 이해 못 했다.
그렇지만 이제는 안다. 어른은 어린이보다
많은 것을 보고, 듣고, 알고, 경험해 세상을
'제일 좋아' '제일 싫어'로 구분할 수 없다.
(그게 어른의 멋진 점이기도 하다.)

이제 나도 '잔짜 어린이'에서
'진짜 어른'이 되어 가는구나...!

'진짜 어린이'는 계속 태어나니까,
연구는 계속될 것이다.

요즘 애들의 꿈

어렸을 때는
매일매일 꿈이
바뀌었다.

어른들은 너무 쉽게 묻지만,

넌 꿈이 뭐니?

사실 이건 쉬운 질문이 아니다.

어른들한테 바로 그 질문을 돌려주면

꿈이 뭐예요?

음? 어...

당황

바로 대답할 수 있는 사람 얼마 없을걸?

특히 잘 알지도 못하는 사람이 물어보면……

꿈이 뭐예요?

당황

뭐지, 새로운 포교방법?

넌 꿈이 뭐니?

어린이가 대답을 해도 문제다.

서점 주인이요.

책 많이 읽을 수 있으니까 ♡

요즘 세상에 책을? 사양 산업인데.

먹고살기 힘든데 어쩌고저쩌고.

어린이의 꿈은 어른의 기준으로 금방 평가당하고 만다.

대충 이제 본 거 말하자.

음... 그럼 유튜버요.

어른들이 뜨는 직업이고 돈도 많이 번다 했음

하이고!

유튜버가 꿈이라고?! 요즘 애들은 꿈이 없다더니.

게다가 어른들이 좋아하는 그럴듯한 꿈을 대지 않으면 실망한다.

이런 일을 몇 번 겪으면,
어린이는 그냥 모른다고 말하는 게
차라리 편하다는 걸 알게 된다.

사실 꿈에 연연하는 건
어른들이다.

자기 자신을 아이들에게 비춰 보고,
아쉬움을 대신 이루어 주길 바란다.

어린이는 무엇으로 웃는가

전 세계를
아우르는
유머 코드:
똥! 방귀!

ㅋㅋㅋ

나는 강연을 잘한다.

내 자랑 같지만 진짜다.

빨라 빨라

하하하

특히 난 드립을 잘 쳐서 사람들을 잘 웃긴다.

(내 기준에서 사람들이 웃으면 성공적인 강의)

아니, 잠깐 모든 사람이라고 하면 안 되겠다.
어른들은 늘 내 말에 깔깔 웃어 준다.

이다 님, 너무 웃겨요~

그렇게 '재밌는 강연'에
자부심이 있던 나.
어느 날 어린이들을
대상으로 강연을 하게
되는데……

이다의
GIRL's
TALK
사춘기라면서
알려 주지 않는
것들. 함께
이야기해 봐요! ♡

나의 사춘기
2차 성징

내가 여러분
나이일 때~
처음으로 겨드랑이
털이 나니까 엄마가
너 이제 키
안 큰다고 막~

고요……

웃기기는커녕,
경악…
공포…
경직 만이…

(그렇다고 열심히 안 듣는 건 아님)

어른들이 박수 치며 웃던 장면에서도
아이들은 단 한 명도 웃지 않았다.

이럴 수가... 재미가 없나?
왜 안 웃지?

당황

공감 가는 이야기라 재밌을 줄 알았는데...

그후 중1 여학생들을 대상으로 한 강연에서도
아무도 웃지 않자
그제서야 나는 깨달았다.

나의 첫 생리

내가 첫 생리했을 때
팬티에 똥 묻은 줄 알고~

진... 지...

아... 어른과
아이의 유머 코드는
너무 다르구나.

끄덕

아이들은 지금 자신의 일에
결코 웃을 수 없구나.

어른인 나는 어릴 때 얘기를 하며 농담을 치고 자학 개그도 할 수 있지만, 그 모든 것을 처음 겪고 있는 어린이는 결코 자신의 인생을 소재로 웃을 수 없었던 것이다.

그 후, 어린이 강연을 하는 모든 분이 존경스럽다.

아 참, 그래도 이거
한 가지는 안다.

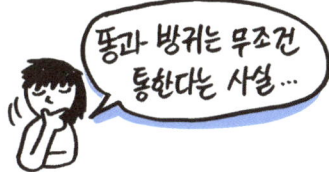

똥과 방귀는 무조건
통한다는 사실…

어린이도 그 경험 만은 확실하기 때문이다.

덕질 천재

내 인생에서
덕질을 멈춘 순간은
없다.

나는 언제나 *덕질을 했다.

*덕질: 오타쿠(오덕)+질
        어느 한 가지에 깊이 몰입해
        파헤치고 몰두하는 것.

9세
나우 씽!
아아아 아아아
인어공주 100회 시청 디즈니 덕질

10세
하여가
예이 예이 예이 예~
서태지와 아이들 덕질
「하여가」1분만에 부르기 도전中

11세
이건 천년 전 유물이야!
← 기와 조각, 화석, 옛날 숟가락 등
고고학(?) 덕질

12세
엄마! 「사춘기」녹화 안 해 놨어?!
드라마 덕질

물론 그때는 '덕질'이란 단어도 개념도 없었다.

생각해 보면 덕질은 어린이의 특성이다.

과몰입
좋아하는 것에 재고 따지는 것 없이 깊이 몰두함

상상력
덕질 대상에 100% 몰입해 이야기를 상상하고 세계를 확장함

새로운 경험
모든 덕질이 처음이라 신선함

부끄러움이 없음
어른과 달리 자기가 좋아하는 것에 수치를 느끼지 않음

동화
덕질 대상과 나의 구분이 없어짐

덕질을 한 번도 안 해 본 어린이가 있을까? 없을걸?

내가 어릴 때는 덕질은 `쓸데없는 짓`이었다.

쓸모 있는 것

독서 공부 클래식

우표 수집 타자연습

쓸데없는 짓

만화 가요 아이돌

춤추기 게임

공부나 해라!

하지만 이 쓸데없어 보이는 `덕질`은
사실 이점이 더 많다!

① 지식이 늘어난다.

오...「하여가」가 이방원이
읊은 시 제목이라고?

역사

② 몰입하는
경험을
해 볼 수 있다.

이글
이글

③ 나의 취향을
발견할 수 있다.

취향

나는 이걸 좋아
하는구나!

④ 덕질을 하며 친구를 사귈 수 있다.

우와, 너도 '그로신' 좋아해?

그리스 로마

다음 권 왔네? 같이 보자!

그리스 로마 신화

⑤ 미래의 직업 선택에 도움을 준다.

나도 이런거 만들고 싶다...

나도 게임을 만들어 보고 싶다...

역시 덕질은 쓸모없지 않아! 오히려 쓸모 있다!

이쯤에서 이런 생각이 드는 어른들도 있을 것이다.

왜 공부를 덕질할 수는 없는 거지?

그건 덕질은 절대 누가 시켜서 할 수는 없기 때문이다!

나답게 살기

당연하게도,
세상은 아주 다양한
모습으로 존재한다.

나

내가 10대일 때 힙합 패션이 엄청 유행했다.
나는 머리를 커트로 자르고,
힙합 바지만 입어서
남자로 오해를
많이 받았다.

HIP HOP

똥폼

내 친구가 너
남자인 줄 알았대 ~

부모님에게

딸이시구나~
아들이 너무
예쁘장하다 했어요 ~

난 이런 오해를
은근히 즐겼다.

왜냐하면 '남자 같을 때'
더 자유로웠거든.

야

큰 소리를
내고,

쾅

우다다

거칠게
뛰어
다니고,

주먹질을
해도
별달리 혼나지
않았다.

그러다
고등학교 들어가서는
머리를 기르고 여성스러운
옷을 입기 시작했는데,

누가
시킨건
아님

변덕 ㅋㅋ

바지는
아직
힘함

Hello
Kitty

그 후로 이상하게 다들
나에게 바라는 게 많아졌다.

치마를 입어야지?

입술에 립글로스 좀 발라 봐.

고데기로 머리를 죽죽 펴 봐.

더 예뻐질 수 있잖아!

그렇다고 다시 남자처럼 하고
다닐 수도 없었다.

사람들이 생각하는 남자와 여자의
모습에 걸맞게 다니지 않으면 이상해하니까.
남자애들도 그랬고 말이다.

여자다움, 남자다움이 아닌
'나다움'으로 인정받는 건
정말 어려운 일인가 보다.

세상은 꼭 두 개로
나뉘지 않는다는 걸
받아들이는 세상이
되었으면...

내 안의 어린이 깨우기

◉ 내가 생각하는 '이상적인 어린이 동네'를 그려 보자.

◉ 나의 어릴 적 꿈은?

◉ 내가 어릴 때 덕질한 것은?

2부

세상에는
다정함이
필요하다

다정함은 어린이의 편에 있다

"세상 참 편해졌네."

오늘도 불쑥 이렇게 말했다. 손에 쥔 스마트폰 하나로 미국에서 물건을 샀다. 번역 기능이 있어 별로 힘들지 않았다. 배가 고파서 배달 앱으로 샌드위치를 주문했다. 컴퓨터를 켜고 아까 스마트폰에서 작성하던 파일을 열어 작업을 이어 간다.

모든 게 내가 어렸을 때는 상상할 수 없던 일이다. 분명 세상은 편해졌다. 옛날과는 비교할 수 없이 좋은 물건도 많아졌다. 로봇 청소기, 건조기, 식기 세척기 등 집안일을 도와주는 가전들도 대중화되었다. 그런데 어린이들에게도 이 세상이 편할까? 아이를 키우기도 편한 세상이 되었을까?

내가 어린이였던 1980~90년대를 떠올려 보면, 어린이가 특별히 대우를 받는 시대는 아니었다. 어린이 납치나 사고도 지금보다 절대 적지 않았다. 어른들은 주에 6일을 일했고, 직접 처리해야 하는 집안일도 많았다. 일하는 부모님이 나를 키우기 힘들었던 것은 당연했다. 하지만 부모님에게는 '동료 양육자'들이 있었다. 부모님이 직장으로 출근하고 나면 할머니와 어린 고모들이 나를 돌봤다. (고모들도 12살, 7살 어린이였는데도 보모처럼 나를 돌봤다.)

아파트로 분가하고 나서는 생활이 조금 달라졌다. 엄마 아빠가 일하는 동안 나는 유아원에 다녔다. 유아원 버스가 오후 3시쯤 동네에 내려 주면 나는 엄마가 퇴근하는 5시 반까지 혼자서 주공아파트 단지를 돌아다니며 놀았다. (엄마는 지금 생각하면 자기가 미쳤던 것 같다고 한다.) 다행히 그사이에 별일은 없었다. 그때는 어린이의 물량(?)이 압도적으로 많았다. 주공아파트는 아이들로 넘쳐 났고, 놀이터마다 수십 명의 아이들이 놀았다. 아이들의 관심은 같은 아이들에게 쏠려 있었고, 나쁜 어른이 끼어들 틈이 그리 많지 않았다.

혼자 집에 오면 아랫집 현이 엄마가 내려오라고 해서 현이랑 같이 책을 봤다. 가끔 윗집 아이도 열쇠가 없다며 우리 집 문을 두들기기도 했다. 그럼 그냥 들어오라고 해서 같이 간식도 먹고 놀았다. 생각해 보면 이것이 도심 속 공동육아의 한 형태가 아니었나 싶다.

그 시절 동네는 시끄러운 게 당연했다. 아이들은 몰려다니며 소리를 지르거나 노래를 부르고, "싱싱한 계란 있어요, 계란!" "칼! 갈아요‑ 가위도오‑ 갈아!" 구성진 목소리로 외쳐대는 행상과 트럭 들이 아침저녁으로 오갔다. 대문을 열어 둔 옆집에서 커다란 TV 소리가 쩌렁쩌렁 울리고, 일요일 아침에도 누군가 "이다야‑ 놀자!"라고 창밖에서 외쳤다. 그냥 24시간 시끄러웠다. 애들보고 시끄럽다고 화를 내는 사람은 별로 없었다.

그에 비하면 요즘 어린이들은 각자도생해야 한다. 아파트문은 모두 잠겨 있고 애들은 놀이터에 혼자 나와 놀기 힘들다. 공동육아는 찾아 보기 어렵고, 주양육자(대부분의 경우 엄마)만이 어린이를 돌본다. 인터넷에 물어볼 사람은 있지만, 바로 옆에서 도와줄 사람은 없다. 커뮤니티가 무너졌다는 게 바로 이런 걸까?

우리 주변에 아이는 점점 적어지는데 어린이를 보는 시선은 점점 각박해지고 있다. 가끔 어린이와 함께 지하철을 타면, 똑같이 떠들어도 어린이를 유독 못마땅한 표정으로 쳐다보는 사람들이 있다. 실내 공간에서도 마찬가지다. 어린아이의 목소리가 들리자마자 그쪽을 빤히 흘겨보는 사람들을 자주 본다. 마치 떠드나 안 떠드나 감시하겠다는 듯이 말이다. 사람들의 불편과 예민함은 쉽게 어린이에게로 쏠린다. 반면, 어른에게는 그런 반응을 보이지 않는다. 감히 노려보거나 불만을 드러냈다가는 당장 싸움이 날 수 있기 때문이다. 하지만 어린이와 어린이의 보호자는 안전히 그 공간을 벗어나기 위해 날카로운 시선들을 참아 낸다.

지금의 어른들은 풍족한 시대에 태어난 아이들을 시기하고 질투한다. 하지만 그들은 놀이터에서 마음껏 놀고, 봄이면 동네가 떠나가라 소리를 지르며 체육 대회를 즐겼다. 실내에서 떠들면 처음 보는 아저씨가 "조용히 해라."라고 꾸짖기는 했지만 아무도 그 아이의 존재 자체를 거부하지는 않았다. 그런데 요즘은 곳곳에 아이들의 방문을 거절하는 '노키즈 존'이 있다. 출입이 허용되는 식당에서도 아이가 민폐를 끼칠까 봐 손에 스마트폰을 쥐어 주면 "요즘 애들은 저런 거 보여 줘서 뇌 다 망치는 거야." 하는 소리를 듣는다.

어린이를 잘 모를 때는 나 역시 아이들의 목소리가 거슬렸다. 이상하게도 한 번 신경을 쓰기 시작하자 소리가 점점 더 크게 들렸다. 하지만 애정이 생기자, 이젠 아이들의 목소리가 시끄럽지 않다. 그냥 '노는 소리'로 들린다. 아이들은 원래 시끄러운 존재다. 나도 어릴 때 분명 그랬다.

아이의 존재를 따뜻하게 받아들이지 않는 사회에서 당장 내가 할 수 있는 건 무엇이 있을까. 어린이를 만났을 때, 또는 함께하는 공간에서 작은 호의를 보여 주는 것이다. 엘리베이터 안에서 유아차를 탄 아이를 만났을 때 작게 손을 흔들어 주거나, 미소를 지어 주는 것만으로도 충분하다. 나는 이 아이의 존재를 인정하고, 불편하지 않다는 메시지를 은근하게 전달하는 것이다. 그리고 내 주변의 어린이가 다치거나 나쁜 일을 당하지 않도록 지켜본다면 더욱 좋을 것이다.

어른은 주변 환경이 맘에 들지 않는다면 방에 틀어박혀 세상과 잠시 절교할 수 있다. 하지만 어린이는 우리가 만든 세상에서 강제로 살 수밖에 없다. (너무 불공평하잖아!)

그래도 세상은 조금씩 변하고 있다. 어린이에게 더 넓은 세계를 보여 주기 위해 묵묵히 애쓰는 어른들이 있기 때문이다. 어떤 사람도 완벽할 수 없다. 그런데 어린이에게 무엇을 더 바라겠는가? 다정함은 타인을 배려하는 태도이자, 나를 지키는 방법이다. 이 세상을 약간 더 나은 곳으로 만드는 것은 결국 나를 위하는 일이다. 그리고 그건 아주 작은 호의만으로도, 짧은 미소 한 번으로도 충분하다.

어린이 존중 5계명

어린이를 위한
세상은
어떤 모습일까?

꼬마라고 하지 마세요!

예민한 어린이에서

이모라고 부르지 마라 ……

I'm not your 이모!

예민한 어른이 된 나.

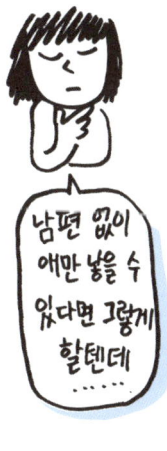

남편 없이 애만 낳을 수 있다면 그렇게 할텐데 ……

내 배 불러 어린이를 만들어 내지는 않았지만 이 사회의 일원으로 모든 어린이는 2% 정도 내 자식이라고 생각하는 어른이다. 그런 의미로 난 10여 년 전부터 혼자 '어린이를 존중하자' 운동 중이다.

누구한테 말한 적은 없고 혼자.

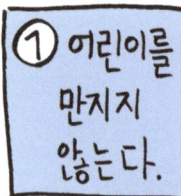

① 어린이를 만지지 않는다.

난 어릴때 어른들이 함부로 볼을 잡아당기거나 엉덩이를 두들기는 것이 싫었다.

커 보니 심정은 이해 되지만 어린이의 몸은 어린이의 것이니 만지지 않는다.

② 어린이에게 인사할 때는 눈을 맞추고 악수를 청한다.

많은 어린이가 아주 좋아한다.

③ 어린이에게 몇 살
이냐고 묻지 않는다.

너 몇 살이야?

몇 학년 이야?

나도 몇 살 이냐 물어보면 혼나겠지?

초면에 어린이에게
몇 살이냐 물을 수 있는 건
어른이라 그렇다.

아이는 어른에게 나이를
물을 수 없으니 불공평하다. 그 대신 이름을 먼저 물어본다.

④ 어린이를 '어린이'로
뭉뚱그리지 않는다.

어린이들은 '뽀봇'이나 '쥬쥬' 좋아하겠지?

그림 좋아하는 어린이

인형 싫어하는 어린이

『마법천자문』 안 좋아하는 어린이

어린이들은 생각보다
취향이 뚜렷하고
한 명 한 명 다 르다.
어린이를 쉽게
일반화하지 않는다.

⑤ 내 사정이 허락하는 한 어린이에게 양보한다.

and 좋은 것을 준다.

앗, 쟤도 이거 보려고 했나 봐.

마지막 하나

나도 보고 싶은데.

나도 어릴 때 많은 양보를 받은 걸 잊지 말자.

그래도 난 다음이 있으니 양보하자!

그러고 보니 난 어릴 때 내가 싫었던 걸 안 하는 거구나.

역지사지를 하는 어른이 되다니 훌륭해.

어린이를 존중하는 건
내가 사는 이 세상을
더 좋게 만드는 얼이다.

이상하고 아름다웠던 꿈

어린 내게
부끄러움을 가르친 건
누구였을까?

9살 때, 나는
이상한 꿈을 꿨다.
ㄴ 물론 꿈은 다 이상하지만
이건 특별히 이상했음

아주 자연이 아름다운 곳이었다.
(숲속이었던 것 같음)
별은 빛나고, 풀은 부드러운
그곳에서 나는 누군가와
뽀뽀를 하고 있었다.

심지어 우리반
부반장이랑!
ㄴ 약간 미화됨

나와 부반장은
어른이 하는 뽀뽀를 했다…

심지어 내 가슴에 뽀뽀를 했다!
오줌 누는 곳에도!!

차마
못
그리겠다

꿈에서 깨고 나서 한참 멍했다.

부반장을 좋아하는 것도 아닌데 왜?!

그리고 왜 걔는 오줌 나오는 더러운 곳에 뽀뽀를 한 거지?!!

지금 생각해도 신기한 게 이때 나는 정말 성에 대해 1도 몰랐음…

9살 이다는 이 꿈이 너무 좋아 그 후 한참이나 다시 꾸려고 노력했다.

나와라 나와라

참고로 내가 반장

이 꿈처럼 최초의 나는 성을 아름답게 생각한 것 같다.

그런데 이런 생각은
오래 가지 않았다.

어른들이 가지고 있는 인식이 나에게 들어오고,

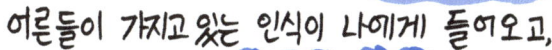

이와 동시에 한 반 남자아이들은
성은 마치 자신들만 알고
자신들이 마음대로 해도 되는 양 행동했다.

나의 아름답던 꿈은 어느새 부끄러운 것이 되었다.

내가 변태였던 거야…. 여자인데 왜 이러지?

불가능하다는 걸 알지만 생각해 본다.

만약 그 꿈을 꾼 후 나의 세상이 이랬으면 어땠을까?

여성의 욕망도 남성의 욕망과 다를 바 없어! 가장 중요한 건 존중이야.

존중이 당연한 세상

성경험은 자신의 의사가 가장 중요해.

자위식을 응원해 줌

어느 한쪽이라도 동의하지 않으면 섹스가 아니라 폭력이야.

폭력은 가해자가 잘못한 거야.

줄줄이 잡혀가는 성범죄자들

존중과 평등이 당연한 세상이였다면
나에게 성은 아직도 아름다운 것이
아니였을까?
언젠간 그렇게 될 수 있을까?

누군가
"예쁘지 않아도 괜찮아."
라고 말해 준다면.

나는 어릴 때 외모 콤플렉스가 매우 심했다.

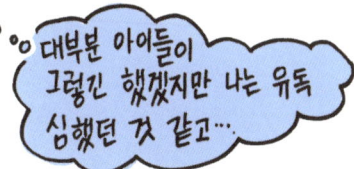

대부분 아이들이 그렇긴 했겠지만 나는 유독 심했던 것 같고…

다행히 지금은 내 외모에 적당히 만족하며 살고 있음.

이 정도면 괜찮지. 뭘.

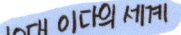

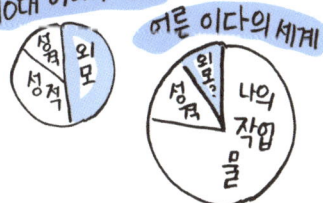

10대 이다의 세계

어른 이다의 세계

아니, 만족이나 불만족을 떠나 별로 신경을 쓰지 않는다는 게 맞겠다.

외모나 성적으로만 평가받던 어린 시절과 달리 지금은 나의 작업물이나 고유성으로 인정받기 때문일 거다.

하지만 나도 한껏 꾸미고
멋을 부리면 좀더
당당해지는 건 사실이다.

눈 강조 화장

아티스트 정장
중무장

정성스러운 고데기

평소 2㎏ 안경

화장X

빈티지 원피스

키 커 보이는 신발

단화

특히
전시회를 하거나
강의를 할 땐
더 열심히 단장한다.

단순히 예쁘게! 가 아니라
평범해 보이지 않게,
아티스트답게 광인의 면모가
있어 보이는 모습이랄까….

(나는 이것을 아티스트 정장이라 부른다.)

그러다 여자아이들을 공식적으로 만나게 되는 일이
생겼다. ↳『걸스토크』의 출간 이벤트 강연
준비를 하는데 어떻게 하고 갈까 고민이 드는 거다.

화장을 하는 게
카리스마 있지 않을까.

애들이 은근히
예쁜 거 좋아
하잖아.

아니야. 요즘 애들은 일찍
부터 화장하고 외모 때문에
스트레스도
많은데

나까지
그걸 보여 줄
필요는….

그래서 고민을 하다
화장을 (거의)
안 하고 브라도
하지 않고 가기로
했다.

이렇게 하니
나도 너무 편하군.

→ 렌즈 안 끼고 안경 씀

→ 눈화장 안 하고
입술만 바름

→ 브라 안 함

→ 하반신에 조이는 걸
싫어해 개인적으로
치마를 선호함

→ 편한 신발

아이들에게 '여자가 꼭 예쁘게 꾸며야 하는 건 아니야.'
라는 것을 당당히 보여 줄 수 있었다.

아이들이 적어 준 여러 질문에 대한
대답이 된 것 같아 뿌듯했다.

어린이와 정치 이야기 해도 되나요?

어린 시절
나는 대단한
애국 소녀였다.

2024년 12월 3일에 일어난 충격적 사태가 겨우 마무리됐다.

어른들도 다들 충격받았지만

어린이들도 충격이 컸을 것 같다.

난 어릴 떄 정치를 잘 몰랐다.

너흰 그런 거 몰라도 돼. 공부나 해라.

하는 분위기였다.

학교에서도 `민주주의`나 국민의 권리보다,
`국기에 대한 맹세'를 먼저 배웠고,

그게 당연한 줄 알았다.

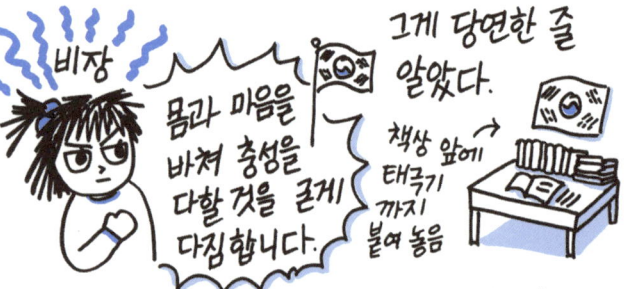

비장

몸과 마음을 바쳐 충성을 다할 것을 굳게 다짐합니다.

책상 앞에 태극기 까지 붙여 놓음

↑ 전쟁이라도 나면 지원할 기세의 11세 이다

90년대 학교의 흔한 과제들

반공 글쓰기

나는 공산당이 싫어요. 왜냐하면 싫기 때문입니다.

대통령에게 편지 쓰기

김영삼 대통령님, 안녕하세요? 우리나라 빨리 통일시켜 주세요.

이런 걸로 차곡차곡 소녀 우익이 되어 가던 어린이 2da...

그런 국가주의적인 나에게 유일하게
균열을 내 준 게 바로 엄마였다.

김대중 ⏎
전남 ——— 97%
광주 ——— 98%

왜 전라도에서는
민주당만 뽑아?

진보주의자도
아님
↓

이상해.

...... 거기는
그럴 수밖에 없다.
전두환이 대통령일 때 광주에서
사람 많이 죽였데이.

당시 경상도 분위기

하이고 ...

친척1

전두환 "사형"

아무리 잘못한 게
있어도 대통령까지
하신 어른들을 저리
망신주는 건 심한 거 아닙니꺼....

쯧쯧
정치 보복
하는 거다,
아이가.

친척2

......
엄마
←밖에선
아무 말
안 함

잘못하면
벌 받는
거 아닌가?
??

IMF는 사람들이 외제품 사서 된 건데 왜 다 김영삼 대통령한테 뭐라 그래?

김영삼 대통령은 하나님 믿는 착한 사람이라고!

...그런 거 책임지라고 대통령이 있는 기다.

새삼 생각하니 나 엄마 없으면 어떻게 컸을지 짐작도 안 감.

모친께 감사...

어린이가 어른 세상의 모든 걸 다 알 필요는 없다.

하지만 어린이가 강한 편견을 갖고 있다면, 열린 대화로 균열을 내 주어야 한다.

그것만으로도 어린이는 스스로 판단할 수 있는 힘이 생길 것이다.

기후 위기 시대를 사는 어린이에게

희망을
버리지 말자고
다짐해 본다.

지금 생각해 보면 어린이들이 환경을 위해 할 수 있는 것이 그게 전부라서 그랬나?

(아님. 공짜 인력이라 그런 거임.)

우리가 사는 이 지구는 누가 봐도 (기후 위기 음모론자들 제외) 착실히 망해 가고 있다.

이런 세상에서 애들이 살아가야 한다니...

자, 받아라.

으...

너무 섭섭하게 생각 말어. 나도 받은 거야.

무시무시한 지구 종말 릴레이

✱ 사실 망하는 건 인간이고, 지구는 다시 회복할 수 있다고 함.

세상엔 이런 사람들이 있다.

아~이왕 지구 망했는데 어쩌라고 ~~~

그게 일개 시민이 분리수거 한다고 돼? 법을 바꾸고 정부, 기업이 바뀌어야지.

아휴 겨울인데 집이 덥네 더워.

일회용품

패스트 패션

비닐

반면 이런 사람들도 있다.

쯧쯧

지구 망했는데 너 하나 손수건, 텀블러 쓴다고 뭐가 바뀌어?

하여튼 별스러워.

염색 안 함

일회용 렌즈 안 씀

빈티지 옷

텀블러

지구 망했으니까 나 하나라도 하는 거지.

참고로 난 둘다 약간씩 해당됨...

내가 생각할 때, 지금 상황은 이미 망가진
거대한 비닐봉지 같다.

여기저기 찢어져
물이 새어 나오지만 아직
터지지 않은.

그걸 테이프로
하나씩
막는 거다.

하나 더
막아 주세요!

이쪽 같이
막으실 분!

○○기업이 새 구멍
만들고 있어요!

하나 막을 수 있는
사람은 하나 막고,

두 개 막을 수 있는 사람은 두 개 막는다.
의미 없어 보이지만 그냥 두는 것보단 훨씬 낫다.

제인 구달의 말을
떠올려 본다.

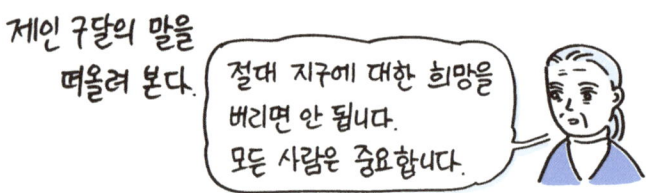

절대 지구에 대한 희망을
버리면 안 됩니다.
모든 사람은 중요합니다.

내일의 어린이를 위해,
오늘 구멍 하나를 막아 보자.

몽실 언니의 고생 리스트

이 세상의
모든 이야기가 무조건
해피엔드였으면!

『몽실 언니』를 다시 읽었다.
아니, 처음 읽는다고 해도
과언이 아니다.

그래도 이 그림은 안다.
너무 유명해서.

어릴 때 읽은 거
같은데 기억이
안 나네.

읽으면서 몇 번이나 책을
집어던지고 싶었다.

부들

부들

이 양반들이 미쳤나!
왜 애랑 부인을 때려!

하지만 이 시대에는 이거 현실이었다는 걸 안다.

몽실의 고생은 다 헤아리기도 어렵다.

몽실 고생 리스트

- 새아빠가 밀쳐서 다리 장애 생김
- 친아빠가 술 먹고 때리고 화풀이함
- 새엄마 애 낳고 죽고 독박 육아
- 친아빠 포로로 끌려가고 여기저기 떠돌며 간신히 생존함
- 친아빠 장애인 돼서 귀환, 일도 못 함
- 몽실이 동냥으로 밥 얻으러 다님 아빠랑 동생 먹여 살림
- 아빠 병원 데리고 가 길에서 노숙 생활
- 엄마 돌아가심(임종도 못 봄)

이 정도가 되니 뒤의 식모 생활은 편하게 보일 정도…

난 솔직히 마지막에 몽실의 인생 역전이 있길 바랐다. 사이다 서사를 원했다.

부들부들

이게 결말이라니······.
작가, 밉다. 진짜.

근데 그랬다면 시원해하며 금방 잊어버렸을 거다.

와! 다행이다!
몽실이 인생 역전!

현실의 수많은 몽실 언니들을 생각하지 않았을 거다. 어릴 때도, 지금도 주어진 인생을 말없이 살아가고 있는 여성들을 말이다.

이게 아마 작가의 의도겠지...

세상의 모든 몽실 언니가
행복하길 바란다.

다정함 연습하기

◉ 어릴 때 내가 싫어했던 어른들의 행동을 적어 보자.

예) 볼 잡아당기기, 신상 취조하기("몇 살이니?" "부모님 뭐 하시니?"), 외모 평가하기 등

◉ 이다의 '어린이 존중 5계명'에 나만의 방법을 더해 '어린이 존중 10계명'을 만들어 보자.

1. 어린이를 만지지 않는다.

2. 어린이에게 인사할 때는 눈을 맞추고 악수를 청한다.

3. 어린이에게 몇 살이냐고 묻지 않는다.

4. 어린이를 '어린이'로 뭉뚱그리지 않는다.

5. 내 사정이 허락하는 한 어린이에게 양보한다.

3부

나는 어땠더라?

내 안의 어린이를 듣는다

열 살의 이다를 떠올려 보자. 나는 천둥벌거숭이 그 자체였다. 아직도 친척들이 모이면 어릴 때 내 얘기로 몇십 분씩 대화할 정도다. 치마를 입히고 구두를 신겨 놓아도 악착같이 나무에 기어 올라갔다. 남자아이들이 팬티가 보인다고 놀리면 박치기가 날아갔다. 두 발이 동시에 땅에 닿는 일이 흔치 않을 정도로 늘 뛰어다녔고 평균 하루에 한 번은 아스팔트에 무릎이 까여 언제나 엉망진창으로 상처가 있었다. (엄마가 보는 데서 넘어지면 번개처럼 일어나, "나 한 개도 안 아파!"라고 했다고 한다. 혼날까 봐 무서웠던 모양이다.)

어린 나는 나름 집안에 도움이 되고자 했는데 그게 더 문제였다. 심부름을 시키면 돌아오는 길에 계란으로 저글링을 해 모조리 깼다. 갑자기 요리사가 되겠다는 마음이 들었는지 밥솥에 꽁보리밥을 그득하게 짓고, 참치와 계란을 볶다가 냄비를 까맣게 태웠다. 망가진 냄비는 아파트 수풀로 던져 버린 건 덤이다.

밖에서는 예배 시간에 앞에 앉은 집사님 엉덩이를 발로 차거나, 입을 쩍 벌리고 "후아암!" 하품을 해서 엄마한테 교회 옥상에서 짤짤 혼이 났다. '제발 가만히 좀 있으세요.' 엄마가 간절히 남긴 메모는 아직까지 수첩에 남아 있다. "아이고, 쟈는 완전 벙캐다." 소리를 늘 들었다. 벙캐는 경상도 사투리로 설치고 덜렁거리는 사람을 이르는 말이다. 요즘 같았으면 심플하게 'ADHD'라고 불렸을 것이다.

학교에 가서도 얌전할 리 없었다. 책상에 가만히 앉아 있는 것 자체가 고역이라 온몸을 비비 꼬고 끝없이 몸을 움직였다. 다리를 움직이나 책상을 발로 차 넘어뜨리는 것도 뭐, 익숙했다. 수업 시간에 노래를 부르질 않나, "후유우우." 갑자기 엄청 크게 한숨을 쉬어 애들을 놀라게 하질 않나, 학교에서도 혼나는 일은 아주 예사였다. "가만히 못 있나!" 선생님의 호통도 소용이 없었다. 그런 행태를 엄마가 우연히 교실 밖에서 본 적이 있는데 정말 창피해 죽는 줄 알았다고 한다. 내 생활 기록부엔 언제나 같은 말이 적혀 있었다. "창의성이 뛰어나고 교우 관계가 좋음(다행히 애는 착했던 모양이다), 주의력이 매우 산만해 부모님의 지도 편달이 필요함."

학교는 지겨웠고 하루는 길었다. 대체 왜 이 시간을 견뎌 내야 하는지 이해가 가지 않았다. 수학은 아예 그쪽 뇌를 가지고 태어나지 않은 것처럼 최악이었다. 숫자만 봐도 울렁증이 생길 정도였다. 그에 반해 책 읽기와 그림 그리기는 정말 좋아했다. 그래서 막연히 화가나 소설가를 꿈꾸었지만, 구체적으로 내가 어떤 사람이 될 거라 그려 본 적은 없었다. 그러면서도 '우리나라 최초의 여성 대통령이 된다.'라거나 '하버드에 입학한다.' 같은 원대하고 막연한 꿈을 늘어놓곤 했다.

이런 말도 자주 했다. "엄마, 나중에 내가 훌륭한 사람이 돼서 돈 많이 벌면 엄마한테 2층 양옥집 사 주고 큰 차도 사 줄게." 그렇다. 그때는 어른이 된다는 건 곧 훌륭한 어른이 되는 것이고, 그러면 당연히 돈도 많이 버는 줄 알았다. 어쩐지 엄마는 그 말을 반기지 않았다. 오히려 "아가 벌써부터 돈타령이고." 하면서 꿀밤이나 한 대 맞았다.

이런 구구절절한 '어린이'의 기억을 평생 잊지 않을 줄 알았다. 스무 살이 넘어서도 어린 시절 일을 그날의 공기와 날씨까지도 선명하게 떠올릴 수 있었다. 20대까지만 해도 나에게 추억을 저장하는 특별한 능력이 있는 줄 알았다. 하지만 이제 그 기억이 점점 희미하다. 어린이였던 나와 지금의 나는 너무 거리가 멀어서 한 인물이었다고 생각하기 어렵다.

나는 이제 뛰어다니지 않는다. 나무에도 올라가지 않는다 (올라갈 체력도 없다). 격식 있는 자리에서 손과 발을 제자리에 두고 상대에게 집중하는 척을 할 수 있다. 갑자기 한숨을 쉬지도 않고 노래를 부르지도 않는다. 계란으로 저글링을 하는 일도 절대 없다. 처음부터 마치 어른이었던 양, 멀쩡한 척 살아가고 있다. 어릴 때 어른들을 보며 그들의 어린 시절을 절대 상상할 수 없었던 것처럼 말이다.

이 책의 만화를 그리고 글을 쓰며 어린이였던 나를 다시 소환해 본다. 무릎의 상처는 아직 그대로다. 이번에 그 어린이를 만나면 악수를 청하고 간식도 줄 것이다. 내 마음속 좋은 자리에 앉히고 다정히 물어볼 것이다. "넌 어땠어?" 어린이 이다는 나에게 어떤 이야기를 다시 들려줄까?

맞고 자란 아이

맞아야 사람 된다는
말을 듣던
그때 그 시절.

아래는 내가 어릴 때
맞아 봤던 도구의 목록이다.

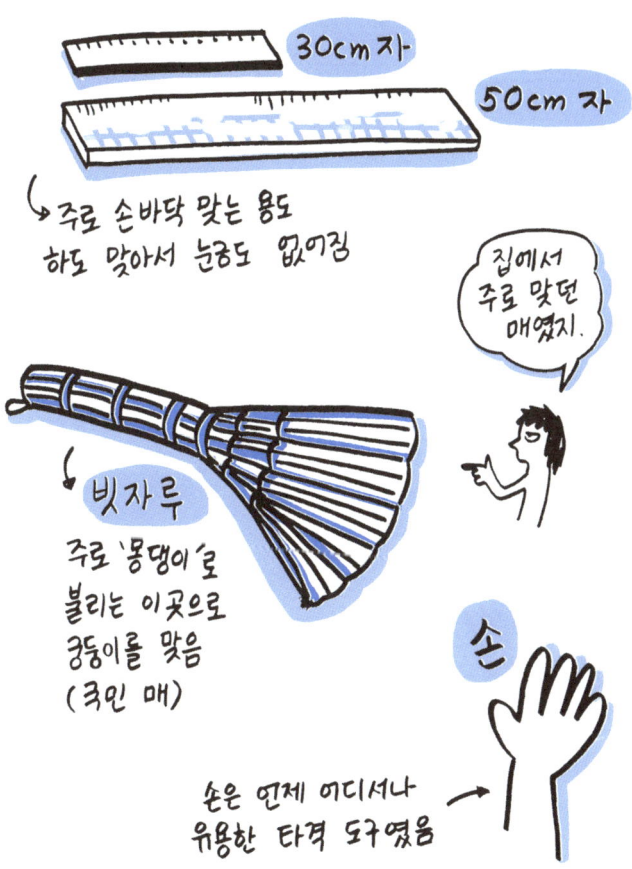

30cm 자

50cm 자

↳ 주로 손바닥 맞는 용도
하도 맞아서 눈금도 없어짐

집에서
주로 맞던
매였지.

빗자루

주로 '몽댕이'로
불리는 이곳으로
궁둥이를 맞음
(쿠인 매)

손

손은 언제 어디서나
유용한 타격 도구였음

출석부
2-3

넓은 면으로 머리를
때리거나
모서리로 찍기,
2ways 공격이
가능한 도구

각
목

중학교 때부터
등장한 도구
주로 학생 주임이
들고 다녔음

주먹

생각보다
대중적인 도구임

지휘봉

때리기와
찌르기가
모두 가능한
무기, 아니
도구

우산

내구성이
약한 일회용
무기

칠판
지우개

육체적 고통보다
정신적 타격을 주는 도구

프린트 뭉텅이

맞다가 종이가
날아가면 정리하는
것도 나의 몫 ;;

참고로 나는 82년생치고는
그리 많이 맞은 편은 아니다.

ㅇㅇ 이 정도면... 곱게 자랐달까...

아빠가 머리 깎은 애

엄마가 교복 찢은 애

← 시내에서 흔히 볼 수 있는 종아리에 시퍼렇게 멍든 애

별로... 안 아프네...

허세

← 학주한테 엉덩이 100대 맞고 교복에 피 묻은 애

이 정도는 되어야 맞았다고 할 수 있었다.

맞는 것은 당연한 일이었고,

심지어 농담의 소재이기까지 했다.

그래서 상처받는다고 생각하지도 않았다.

나는 나를 때렸던 사람들의 말을 그대로 받아들였고, 그대로 생각했다.

하지만 ... 정말 그럴까?

가슴 깊은 곳에서는 사실 의심스러웠다.

영화에 나오는 미국 애들은 왜 맞지도 않고 찍해야 외출 금지 당하는 게 다지? 근데 왜 멀쩡한 어른으로 자라는 거지?

혹시... 안 때리고 안 맞아도 되는 건 아닐까......?

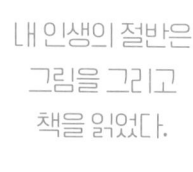

내 인생의 절반은
그림을 그리고
책을 읽었다.

난 어렸을 때 책을
많이 읽는 어린이였다.

밖에 나가 놀거나 TV를 보는 것보다 책 보는
것을 더 좋아했다. 그래서 어른들에게 칭찬을
받았다.

지금 생각해 보니 부모님이 전략을 잘 세웠다.

이다 아빠
이다 엄마
일단 두 분 다 책 좋아함

① 전집을 사 주지 않는다.

세계
문학
전집

과학
전집

전집 그거
비싸기만 하지,
그렇게 많으면 애가
읽을 엄두가 안 나지~

② 책 골라~

어린이도서

같이 서점에
가서 내가 책을
고르게 한 다음, 고르면
한두 권만 사 준다.

그래서인지 나는
어릴때 책을 성에
차게 본 적이 없어.
(근처에 도서관도 없었음)

③ 시험 잘 보거나
칭찬 스티커를 30장
모으면 사 준다.

오예!
책!

그러고 보니
나한테 책은
의무가 아니라
보상이었네.

그래서 나는 책을 좋아하고 즐기는 아이로 자랐고, 심지어 10대 때는 책만 본다고 혼이 나기까지 했다. 대학을 서울로 와서는 광화문 교보문고에 살다시피 하며 책을 즐겼다.

딸냄아. 이제 소설책은 대학 가서 봐라.

흑

베르나르 베르베르

여긴 천국인가?

우오

자체휴강이다

저기요, 누우면 안 돼요.

학교에서는 도서관에서 책만 보다가 수업을 빼먹기도 했다. 그만큼 책은 내 인생에서 가장 즐거운 놀거리였다.

그런데······

원래 오락실도 안 간 애

탁탁

게임을 하게 되고,

오오

스마트폰을 가지게 되면서

며칠째 페이지 안 넘어감

책 말고도 재밌는 것들이 너무 많이 생긴 거다.

잃어버린 시간을 찾아서

←게임하며 책 보는↓

이 책은 영화로 나왔던데 그냥 그거 보고 치우자.

귀찮~

그러다 보니 요즘은 책 한 권에 집중을 할 수가 없다. 한 줄 보고 폰 보고 한 줄 보고 책에 나온 거 검색하고.

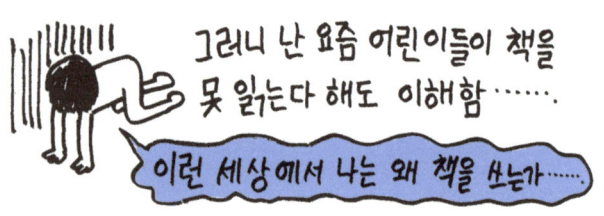

이 작가 책 또 검색해 볼까.

까톡!

그러니 난 요즘 어린이들이 책을 못 읽는다 해도 이해함……

이런 세상에서 나는 왜 책을 쓰는가……

책 TV 오락실 1990

유튜브 게임 아이패드 책 스마트폰 SNS 웹툰 닌텐도 2020

선택할 수 있는 재미의 종류가
수백 배로 늘어난 이 세상에서
나는 어떤 책을 만들어야 할지
매일 고민되는 요즘이다.

일기장에서 시작된 이야기

요즘엔 학교에서 일기 검사를 하지 않는다.

90년대에는 매일
학교에서 일기 검사를
했다.

애들은 일기 쓰는 것과
일기 검사를 싫어했지만
난 좋아했다.

오늘 열받는
일 있었어.

3월 22일 금요일	☀ ☁ ☂ ☃ ⚡
일어난 시각	7시 30분	잠자는 시각	9시 1분

〈벌청소〉

벌청소를 우리 분단이 했다. (생략)

반장은 자기 분단은 자기가 청소할까 봐

안 적는다. 나와 양영남은 반장 책상을

빗자루로 때리고 발을 올리고 실내화로

문질렀다. 반장 바꿔! 반장 꺼져!

나는 속으로 데모를 하였다.

반장 바로 뽑으면 우리 교실 밝게 큰다.

쓰다 보니 화가 풀리는데?

독자 반응도 좋았다.
사실 그거 때문에
열심히 썼다고
봐야 된다.

푸하하

하하

독자1
엄마

독자 2
아빠

너는 참 글을 잘 써!

오늘도 재밌네!

뿌듯뿌듯

또 다른 독자인 선생님도
내 일기를 칭찬해 줬다.

끝까지 잘 썼군요!
크게 칭찬합니다. 6/12
검

일기 한 권을
다 채웠을 때
선생님이
써 주심

일기는 3명의
구독자가 있는
나만의 콘텐츠였다.

짜릿

지금 생각해 보면
매일 에세이를
한 편 씩 쓴 거나
마찬가지다.

일기는
있었던 일을 주욱
그냥 나열하면 안 돼.
하나의 사건을 주로
쓰고, 자기 생각을
넣어야 돼.

← 선생님의
일기 지도

호오, 그렇군.
참고해야지.

이다의
자연 관찰
일기

내 손으로
시베리아
횡단열차

GIRLS
TALK

그리고 시간이 지나 나는
내 이야기를 기반으로
창작하는 작가가 됐다.

엄마 아빠랑 선생님이
재밌게 읽었으면.

독자님들이
재밌게 읽었으면.

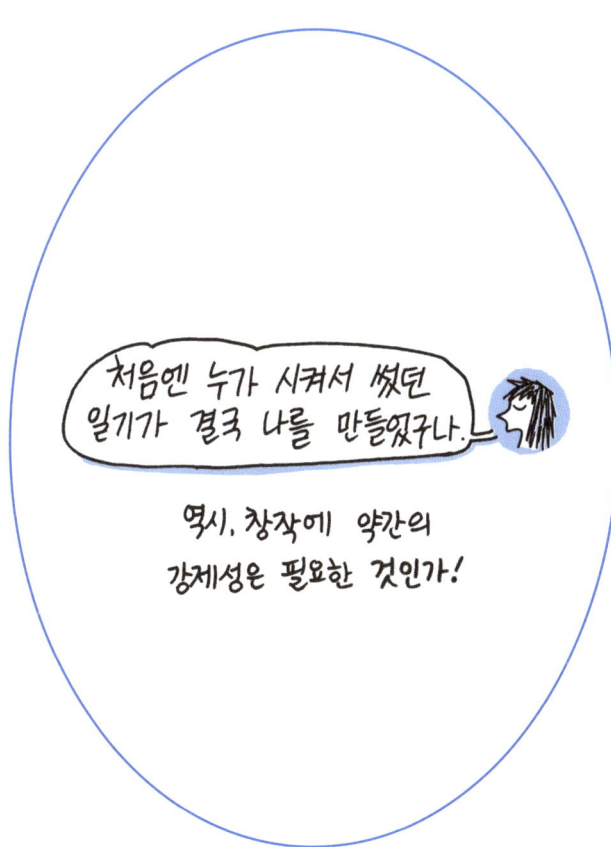

처음엔 누가 시켜서 썼던
일기가 결국 나를 만들었구나.

역시, 창작에 약간의
강제성은 필요한 것인가!

어른도 가끔은
용돈이 그립다.

5000

어릴 적 나에게 돈은 곧 '동전'이었다.

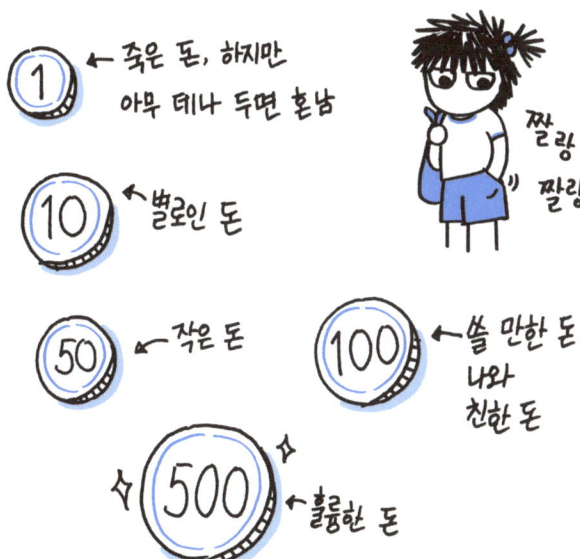

1 ← 죽은 돈, 하지만 아무 데나 두면 혼남

짤랑 짤랑

10 ← 뿔로인 돈

50 ← 작은 돈

100 ← 쓸 만한 돈 나와 친한 돈

500 ← 훌륭한 돈

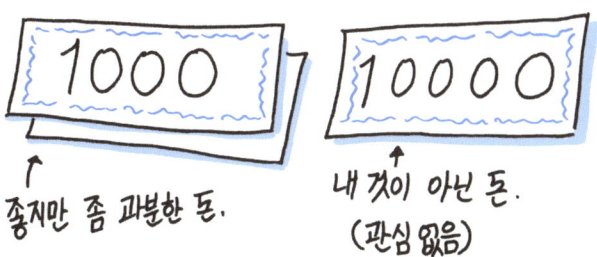

1000 ↑ 좋지만 좀 과분한 돈.

10000 ↑ 내 것이 아닌 돈. (관심 없음)

나는 하루에
용돈 200원 씩을
받았는데, 그것으로
하교할 때 뽑기 두 번을
하거나,

오뎅 하나,
떡꼬치 하나를
사 먹을 수 있었다.

고학년이 되자
물가 상승을 감안해
용돈이 500원으로

올랐는데, 닭발 두 개와 번데기 하나를
사 먹으면 딱이었다.

물론 어린이도 돈 쓸 곳이 많기 때문에
500원으로 만족하긴 어려웠다.

뽑기 한 번만 더 하면
루비반지 나올 거
같은데…

치토스도
먹고 싶은데
…

문방구
아줌마

이다야.
외상으로 줄까?

유혹의
목소리!

외상
장부

그렇게 나는
문방구에 거액의 외상을 만들고,
어린 나이에 채무자가 됐다.

문방구 빚
3만원

지금으로 따지면
초등생이 30만원
빚진거나
마찬가지지.

나도
참…

돈이 생길 때마다
조금씩 갚았지만
다시 외상을 져서
빚은 사라지지 않았다.

이번 달
돈입니다...

고맙구나.
신제품도 들어왔단다.

엄마한테
전화하면
어떡하지
....

대체 어떻게
갚아야 되냐.

체감 3억 원

인생 최대의 고민

(이후 엄마가 갚아 준 것으로 추정됨)

이 경험으로 인해 나는 지금도
빚을 지는 게 두렵다.

으으... 사고 싶은데...
할부로 살까... 아니야.
절대 안 돼~

또다시 빚쟁이가
될 순 없어!

역시, 어린이 때 경험에서
쓸모없는 것은 하나도 없구나.

반장과 대통령의 공통점

큰 힘에는
큰 책임이 따른다.

반장
이다

대통령 선거철이 되면
늘 긴장하게 된다.

기대는커녕
두려운 이기분은…

참고로 이다가
초등학생 때 대통령 →

생각해 보면 어렸을 때 치른 반장 선거가
정치의 축소판이었던 것 같다.

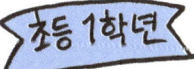
초등 1학년

반장은 남자가
하는 거야.

인기는 내가 더
많은데.

이때 성차별로 인한 부당함을 알게 되었고

마침 전학한 학교에서는 여자도 반장이 될 수 있어서 인생 최초로 반장이 됐다.

초등 2학년

따봉...

'짱'이 없던 시절

임명장

두근 두근

3월4일 앗싸, 반장!

이날 일기 제목

그리고,

큰 힘에는 큰 책임이 따른다는 것을 알게 되었다 ……

낑낑♪

선생님 대신 시험지 채점中

반장, 와서 이거 좀 해라.

야! 반장! 얘가 나보고 바보란다!

반장! 뭐 하노!

반장... 생각보다 너무 귀찮다...

초등 3학년

부반장이 산수 65점 맞는 게 말이 되나?

하하

65

하하하

1년 후인 지위에 따라 주변의 기대도 달라진다는 것을 학습했고,

초등 5학년

~ 해라

알겠나~

바쁜 반장

예

담임 선생님

예

바쁜 부반장

나한텐 왜 아무것도 안 시키지?

이름 뿐인 부반장

5학년 때는 담임 선생님이 나를 별로 신뢰하지 않았는지 무력한 임원 시절을 보내며 더 큰 권력은 따로 있다는 것을 깨달았다.

그리고 6학년 때는
반장이나 부반장을 하지 못하고
미화부장이 되었다. 처음엔
시무룩했다.

내가 잘하는 분야에서
중요한 권한을 갖는 것이, 내가 감당할 수 없는
큰 책임을 지는 것보다 낫다는 걸 알게 된 거다.

왜냐하면 반장과 부반장이 교실의 귀족이 아니라
일꾼이라는 것을 다들 알아차리고 적극적으로 써먹었거든!

임원… 완전 귀찮은 거잖아?

큰 힘에는 큰 책임이
따른다는 깨달음……

역시… 교실은
사회의 축소판이구나.

나는 어땠더라?

⦿ 내가 어렸을 적 심심할 때 했던 놀이를 모두 써 보자.

....

⦿ 위에 적은 놀이를 지금 해 본다면 어떨까?

....

⦿ 내가 어릴 때 재미있게 봤던 책 표지를 그려 보자.

4부

어린이가
만드는 세계

무엇이든 만들어 보는 그 마음으로

　방학 때 나눠 주는 알림문에는 '어린이가 TV를 너무 많이 보지 않게 주의시켜 달라.'라는 말이 꼭 있었다. TV를 너무 많이 보면 바보가 된다나. 지금 와서 이 말을 생각하면 우습다. 틱톡과 릴스에 비하면 TV는 '천재 상자'다. 참고로 그때 "테레비 많이 보지 마라!" 하며 어린이들을 꾸짖던 어른들은 유튜브 중독자로 살아가고 있다.

　내가 어릴 때는 늘 심심했다. TV는 오후 4시 반에야 프로그램을 시작해서 그 전에 틀면 화면 조정 색상과 함께 뚜- 하는 소리만 방 안에 울려 퍼졌다. 그럴 때는 인어공주나 알라딘 같은 디즈니 비디오테이프를 틀어서 봤다. "언더 더 씨~ 언더 더 씨~" 하는 노래는 물론 등장인물의 동작과 대사까지 다 따라 할 정도로 많이 봤다. 그러다 지겨워서 라디오를 틀어 봐도 별다른 게 없었다. 컴퓨터는 엄마가 게임을 못 하게 잠가 둬서

한 달에 한 번밖에 못 했다.

집에 있는 책은 진작에 다 읽었다. 어린이책이고 어른책이고 가릴 것 없이 전부 봤다. 더 읽을 게 없으니, 엄마가 어릴 때 샀던 문고판 『대지』 3부작까지 다 읽었다. (참고로 1960년대에 발간된 책이라 세로쓰기에 한문이 병기되어 있었다.) 그러고도 심심해 집 안을 싹싹 뒤져 엄마 아빠의 연애편지까지 훔쳐 읽었고 아무도 시키지 않았는데 성경까지 봤다. (요한계시록은 제법 훌륭한 판타지 세계관이다.)

더 이상 볼 것이 없자 내 손으로 만화책을 만들었다. A4 용지를 반으로 잘라 다시 반으로 접고 스테이플러로 묶은 여덟 장짜리 책이었다. 내가 주인공이고, 조연으로는 같은 반 아이들이 등장했다. 이 만화는 제법 히트해 반의 모든 아이가 봤고 선생님들까지 보게 됐다. 당연히 그림은 어설펐고 글씨는 삐뚤빼뚤했지만, 자신이 등장하는 이야기라 재미가 없을 수가 없었다.

그때 나에게 스마트폰이 있었더라면 그 만화책을 만들었을까? 절대 아니다. 만약 AI에게 시켜 그림을 그리고 글을 쓰게

했다면? 딱 한 번 만들어 보고 더 이상 재미를 못 느꼈을 것이다. '애가 이렇게 잘하는데 굳이 내가 할 필요가 있을까?' 하고 생각했을 게 뻔하다.

요즘은 많은 아이들이 걷기도 전에 책장 가득 책을 가지고 있다. 두세 살만 되어도 태블릿을 능숙하게 다뤄 애니메이션을 보고 게임을 한다. 그야말로 콘텐츠가 넘쳐 나는 세상이다. 지금부터 세상 모두가 영원히 창작하지 않는다고 해도 죽을 때까지 볼 것이 부족할 일은 없을 거다. 하지만 유일하게 부족한 게 있다면 바로 어린이가 스스로 자기 자신을 위해 만드는 콘텐츠다.

글이든 그림이든, 누구나 자기가 만드는 콘텐츠가 제일 재미있다. 자기 취향에 딱 맞는 이야기가 나오기 때문이다. 어른이 볼 때는 이게 뭔가 싶고 허접해도 어린이들의 상상력은 그 너머를 본다. 상상하는 법을 잊어버린 비루한 어른들이 그 넓고 참신한 세계를 알 수 있을 리 없다. 그러니 어른은 아이가 만드는 콘텐츠에 참견하지 말고, 그저 관객 역할만 잘해 주면 된다.

어린이 시절은 인생에서 가장 창작하기 좋은 시기다. 뭘 해도 해낸 것 그 자체로 인정받을 수 있다. 어린이는 터무니없는 것에 도전할 수 있고, 무엇이든 만들 수 있는 존재다. 어린이들이 시를 쓰고, 그림을 그리고, 만화를 짜고, 흙으로 뭔가를 빚고, 노래를 부르고, 춤을 추고, 사진을 찍고, 영상을 제작하고…… 모든 창작을 해 볼 기회가 있길 바란다. 그래서 어린이들이 콘텐츠 소비자에 머무르지 않고 창작자가 되는 세상을 꿈꿔 본다.

그렇다고 어린이가 창작으로 뭔가 크게 이룰 필요는 없다. 책을 내거나 유튜브 실버 버튼을 받을 필요도 없다. 딱 한 번으로 그치는 창작이라도 괜찮다. 무언가를 스스로 만들어 본 사람은 '세상에 없는 것을 만들어 낼 수 있다.'라는 믿음을 갖게 된다. 처음으로 자기 이야기를 써 내려갈 때의 두근거림, 머릿속 상상이 손끝에서 형태를 얻는 순간의 흥분, 한 문장에 온 마음을 쏟아 넣는 집중의 감정은 오래 기억된다. 그 이후로 세상을 보는 눈이 달라진다. '이야기'가 주어지는 것이 아니라, 스스로 써 내려갈 수 있는 것임을 알게 되기 때문이다. 그 사실을 아는 순간, 어린이는 자기 인생의 첫 번째 작가가 된다.

미디어 속 어린이

어린이가
중심에 있는 이야기를
기다린다.

미디어에 나오는
어린이는 뭔가
이상하다.

① 너무 예쁘고
   인형 같다.

여자 어린이는 인형 같은 옷을,
남자 어린이는 꼬마 박사 같은
옷을 입는다.

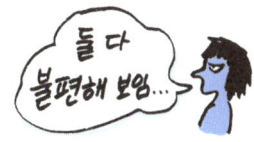

둘 다
불편해 보임...

② <u>헌신적이고 착하다.</u> ← 주로 여자 어린이

아빠♡
볶음밥 만들었어요 ♡

먼저 떠난 엄마를 대신해
아빠를 보살피는 설정도 자주
나온다. ← 일본 콘텐츠에 아주
많이 나옴…

③ <u>또는 지나치게 되바라지고 똑똑하다.</u> ← 주로 남자 어린이

이건 아동 학대
아니에요??

세상사를
통달한 것처럼
보이며, 어른들을 한 방
먹이는 얄미운 역할을 한다.

아줌마!!

뭐…
나??

여자 주인공을 '아줌마'
라고 불러 모욕을 주는 장면도 필수.

④ 착하든, 똑똑하든, 되바라졌든 간에
  결국 원하는 것은 부모의(어른의) 사랑이다.

어른을 위한 미디어에서 어린이는 중심이 아니다.
어린이는 어른을 돋보이게 하거나, 사건을 풀어 가는
도구로서 역할을 한다.

그런데 웃긴 건 나도 욕은 잘 하지만
나한테 어린이를 표현해 보라고 하면
잘할 자신이 없다는 거다.

나는 어떤
어린이였지?

기껏 해 봤자 나는
어떤 어린이였는지 떠올리며
쥐어짜는 게 전부...

전혀.. 모르겠다

왜 어른은 어른이 되자마자 어린이의 기억은
모두 지워 버리고 마는 걸까? 어린이도 하나 하나
다 다른 '사람'이었다는 것을 왜 잊고 마는 걸까?

아직 '어린이'인 어린이가
스스로 창작한 어린이 캐릭터가
많다면 큰 참고가 될 텐데…!
언제 볼 수 있을까?

무궁화 꽃이 피었습니다

나의
'무궁화 꽃이
피었습니다'는
그렇지 않아!

넷플릭스 드라마 「오징어 게임」이
전 세계에서 난리다.

전 세계
1위!

넷플릭스
역대
1위!

오징어게임

실...실화냐...

그러면서 내가
어렸을 때 했던
놀이들이 주목을
받았다.

무궁화-꽃이-
피었습니다-

빵!

)) 술래에게 걸리면
총에 맞는다

어린이들이나 외국인들이 「오징어 게임」 버전의
'무궁화 꽃이 피었습니다'를 따라 한다고 한다.

술래가 움직인 아이에게
총 쏘는 시늉을 하고,

맞은 아이는 죽은 척하며
탈락한다는 거다.

아니, 나의 '무궁화 꽃이
피었습니다'는 그렇지 않아!!

그걸 듣고 난 너무 어이가 없었다.

원래 '무궁화
꽃이 피었습니다'
는,

동네 아이들이
친구든 아니든
다들 모여서
했다.

무궁화 꽃이~

처음에
없던 아이
들이 점점
늘어난다

오늘 처음
만난 사이

술래에게 걸리면

새끼손가락을 걸고
친구가 구해 주길 기다리고

탁!

친구가 새끼손가락을
버리쳐 구해 주면 모두
도망친다!

술래에게 걸렸다고
죽어서 제외되는 게 아니라,
잠시 술래에게 붙들리고
친구가 구해 주는 놀이인데 말이다!

놀이 이름이 '무궁화 꽃이 피었습니다'인 것도
뭔가 일본 순사에게 잡힌 독립투사를
구하는 것 같은데?

물론 드라마에서는 경쟁 사회를
표현하기 위해 그렇게 했겠지.
극적 재미도 있고 말이야.

코로나 19로 동네에서
아이들 여럿이
뛰어놀며 놀이를 배우고
전파하는 것이 어려워졌다.

그래서 '무궁화 꽃이 피었습니다' 놀이에 있던
순수한 우정이 어른들의 자극 추구와 재미로
변질되는 것이 아닐까 걱정이 된다.

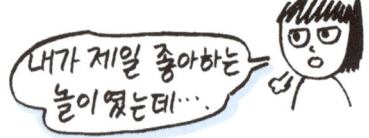

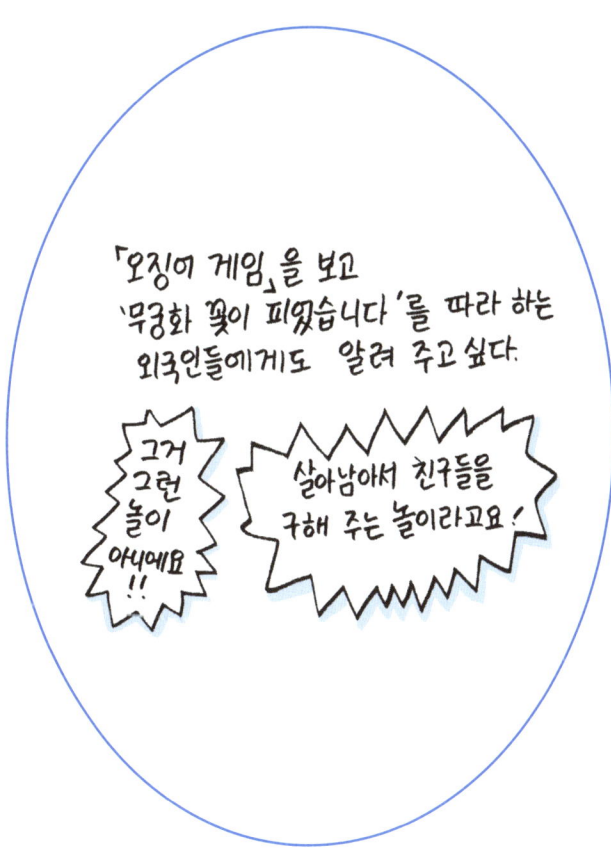

언젠가는
나의 동화를
그리고 싶다.

현실 감각이 떨어지는 사람을 보고 흔히

동화 속에서 살고 있네!

세상이 동화 속인 줄 아나?

하고 말한다.

어린 이다에게
그 말을 들려주면
분명 흥!

『모모』의
회색 신사
같으니라고.

하고 말할 것이다.

생각해 보면
나는 동화로
세상을 배웠다.

그 중
『빨간 머리 앤』이
특히 큰 역할을
했다.

앤은 고아인데도
이렇게 씩씩하구나.

나도 나중에
혹시나 엄마 아빠가
없다고 해도 너무
좌절하지 말아야지.

빨간
머리
앤

터덜
터덜

으으... 학원 너무 싫어...
앤처럼 상상을 해 보자...
난 원래 인도의 공주인데(?)
한국에 우연히 오게 된 거야...

빡!

야! 너 나
놀렸지?

짤
짤

나도 앤처럼... 남자애들이
괴롭히면 혼내 주는 거야.

『빨간 머리 앤』 외에도 여러 동화가 나에게 세상을 알려 주었다.

하이디

염소젖과 치즈가 건강에 좋구나?!

엄마가 사 온 산양유 열심히 먹게 됨

산양유

으아아악! 끓는 기름을 부어서 도적들을 싹 없애 버렸어!! 나도 앞으로 끓는 기름을 조심해야지!

알리 바바

나도 화원... 나도 비밀의 화원... 나도 커서 만들 테다 ......

비밀의 화원

+ 화분에 물 주는 것 안 귀찮아하게 됨

아니... 주인공은 왜 다들 고아지? 나도 혹시 고아인 게 아닐까? 근데 난 아빠랑 너무 닮았는데...

키다리 아저씨

(가끔 이상한 걸 알려 주기도 했다)

이렇게 동화는 어린 내가 이해할 수 있는
방법으로 세상을 보여 주었다.
딱 이해해야 하는 만큼만 알려 주었다.

또 세상의 잔인한 면보다
아름답고 밝은 면을 먼저 보여 주는
필터이기도 했다.

이런 동화들이 아니었다면
세상은 살아갈 만한 곳이라는
생각을 하기 어렵지 않았을까?

그래서 지금도 동화를 읽으면
세상에 대한 희망이
생기나 봐.

동화 속에서 사는 사람?
그 사람이 나였으면 좋겠네.

일기를
쓰기 싫을 때는
동시를 썼다.

나는 어릴 때 시 쓰는 것을 좋아했다.

사실, 정확히 말하자면
'일기장에 시 쓰는 것'을
좋아했다.

OK!
오늘도 시로
한장 때우자!

꾸역
꾸역

← 벌써
3일째

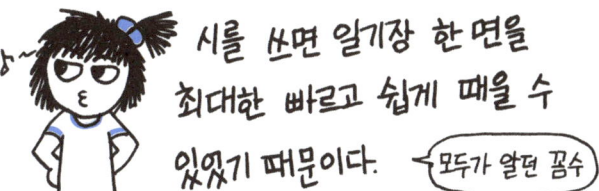

시를 쓰면 일기장 한 면을
최대한 빠르고 쉽게 때울 수
있었기 때문이다. 모두가 알던 꼼수

부끄럽지만 내가 어린이 때 썼던 시들을 오픈허 본다...

91년 2월 23일
〈눈〉

눈이 온다
펄펄펄 온다

하늘이 밥을 먹다가
밥풀을 흘렸다
꼭 나를 닮았다

눈이 온다
하늘이 흘린 밥풀이
눈이 되어 소복소복 쌓인다

↳ 초2 때 쓴 것

밥풀이다!!

(되게 행복했나 봄...)

← 이날은 이미
일기 한 장을
썼음에도 불구하고
시까지 한 편 더
쓴 날이다.

진정성이
느껴지는군
...

93년 11월 25일
〈시험〉

시험 좋아하는 사람
있을까?

뭐 있겠지
공부 1등 하는 애들

공부 좋아하는 사람
있을까?

뭐 있겠지
공부 1등 하는 애들

이 시는 도대체
뭘 쓴 건지 모르겠는데
지금 보니 너무 무섭다...!
(앞 뒤 설명도 없음)

← 초4 때 쓴 이 동시는
내가 지금 어른의 눈으로
봤을 때도 참 좋은 시다!

풉!

을 엄마도
보다가
봤던 기억이···

연기

94년 11월 3일
〈국화 한 다발〉

책상 위에 놓인 국화 한 다발
그 옆에 놓인 기념사진

진한 국화 향기에 맞추어
사진 속 아이들도 미소를 짓는다

↳ 찾아보니 94년 10월 21일에 성수대교 사고가
있었다고 함. 어쩌면 그 사건을 보고 쓴 것일지도 ···

이렇게 서로 꼼수를 부리다
선생님께 한 소리
듣기도 했다.

요즘 일기 쓰기
싫어서 동시로 때우는
애들 많다…

일기

뜨끔

정성껏 써라,
알긋냐!

그것도 잠시, 중학교에 올라가며 일기 검사가
없어지자 그 후론 단 한 편의 동시도 써 본 적이 없다.

내가 요즘 어린이였다면
아마 시가 아니라
랩을 쓰지 않았을까?

물론
랩도
시다!

오, 오,
시험시험, 시 to the 험,
나는, 원치 않아, 결코,
너는 원해, 줄-세우기!

YO!

2DA

아돈워나 1등―
아돈워나 1등―

음…역시 시가 좋은 것 같다!

그림으로 이어지는 이야기

좋은 그림책을 읽으면
눈물이 난다.

보통 그림책과 동화를 엄격히 구분하지 않지만
사실 둘은 다르다.

그림책은 '그림과 글이 어우러져
이야기를 전달하는 책'이고,
동화는 '어린이를 위해
동심을 바탕으로 지은
이야기'라고 한다.

동화는 이야기가 주인공인 책, ← 어린이가 주대상
그림책은 그림이 주인공인 책이라고 ← 어른도 볼 수 있음
할 수도 있을 듯...

나도 언젠가 그림책을 만들고 싶다.
사실 그래서 어린이책 작업도 열심히 한다.

경험을 쌓아 주마!
내 것으로 만들어 주겠어!

후훗
이상

하지만...

그림책 만드는 게
그리 쉬울 리 없다.

아냐...
이걸로는
안 돼...

틱도 없어
...

현실

구상만
15년 째 →

너무 좋아하는 일은 가벼운 맘으로
도전하기 어려울지도 ...

대신 내가 좋아하는 그림책을 공유해 본다.

이다 추천 소장가치 100% 그림책

이븐 바투타의 여행

14세기 모로코 사람 이븐 바투타가 30년 동안 세계를 여행한 이야기를 그림책으로 만든 것!

아버지께 작별 인사를 하고...

두루마리를 펼쳐 보는 것 같은

아름다운 디자인과 (아랍 서예를 이용)

마치 당시에 찍은 인증샷처럼 재치 있게

그려 놓은 그림들이 정말 좋다!

콘스탄티노플에서 황제의 아버지와 함께

동쪽수집

윤의진 작가가 자신이 사는 강원도 영동 지방에서 본 아름다운 풍경을 모은 그림책

학교 담장에 드리운 그림자

자동차 위에 소복이 쌓인 꽃잎 등

그냥 스쳐 갈 수도 있는 풍경들이 마치 보물 같아!

성 프란체스코의 찬송가인 태양의 노래를 각색해 페이퍼컷 그림과 함께 엮은 책!

아니, 이걸 다 잘라서 만들었다?.?

(공예 칼)

이런 고생스러운 그림이, 세상을 창조한 신에게 감사하는 본문 내용과 너무 잘 어울린다!

글 한 줄 없이, 완전히 그림으로만 내용을 전달하는 책. 아이들은 물론, 어른도 너무 좋아할 책이다.

숨은그림찾기 같아!

그 외 수많은 책이 더 있지만 다 쓰기도 어렵다······

이야기에 대한 욕망

아이들은
스스로 이야기를
찾아낸다.

피바다
모집

나는 청소년소설에 대해
할 말이 별로 없다.
왜냐하면 어린이에서 청소년이 되자마자
책 금지령이 떨어졌기 때문이다.

내가 청소년일 당시에는 '논술'이 없어서
독서는 그리 중요한 것이 아니었다.
게다가 '청소년소설'이라는 것이 정말 드물어서
청소년이 읽을 만한 책이 거의 없긴 했다.
(기껏해야 『홍당무』정도)

(뜻밖의 청소년 인기 작가, 베르나르 베르베로)

청소년 소설 큐레이팅…? 그런 게 있었을 리가…

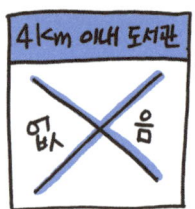

이렇다 보니 당연히 책 보는 청소년은 극히 드물었고, 좀 이상한 애 취급을 받기도 했다.
(요즘도 다르지 않지만)

재는 맨날 천날 쉬는 시간에 책만 보더라?

매점가자, 매점.

바보, 책은 나같이 수업 시간에 몰래 읽어야지.

물론 그게 그렇게 잘될 리가...

ㅋㅋㅋ

탁탁

English

니 지금 이게 안 보일 줄 아나?

책 당장 가져온나!!

그렇지만 아이들은 '이야기'에 대한 원초적 갈망이 있었고, 결국 그것을 스스로 해결해 갔다.

어릴 때 난 늘 어른이 되고 싶었다.

어른들이
보는 거
보기

진지

어른 책

몰래
어른 옷
입어 보고
화장
해 보기

엄마
슬립

최고의 칭찬

어른
스럽네~

애 같지
않아!

으쓱

애늙은이
짓하기

그런 건
애나 하는 거지.

어른스러움에 집착하기

어른 흉내를 내고
조숙한 어린이가 되려고 애썼다.

그런 내가 지금은 오히려
어린이처럼 되고 싶어 한다. 3변-신!

어린이책 보기
캬

어린이 애니메이션 보기

아, 뭐라고 해야 되냐.
꼰대처럼 보일까 봐 전전긍긍하기

철이 없네~
아직 애네.
으쓱
최고의 칭찬

그런 주제에 어린이로 다시 돌아가라고
하면 거부할 게 뻔하다.

내가 어떻게 어른이 됐는데!!
절대 NEVER!

그걸 다시 하라고?

세상은 온통 모르는 것투성이고

모든 걸 누군가에게
배우고 물어봐야 하고

어른의 통제에 따르는 게
당연하게 여겨지는

내가
어른만
되어 봐라.

부들

그 어려운 어린이 시기를 다시 살고 싶을 리가!

그러니, 나는 여기서
내일의 어린이를
기다릴 것이다.

내가 다시
어린이가 될
필요는 없다.

나는 그저 곁에서 바라보면 된다.
어린이는 계속 태어나고
자라나니 말이다.

내가 할 일은 그걸 지켜보고 기억하는 것이다.

이 책이 '내일의 어린이'들과
그들의 성장을 도와줄 어른들에게
조금이라도 도움이 되길 바란다.

아마 그보다 더 기쁜 일은 없겠지!

지금까지 『어린이 탐구 생활』을 읽어 주셔서 감사합니다. 2dA

✳ 이 책의 에세이는 동료 작가 '모호연'이
1차 교정했습니다. 🐢 고맙습니다!

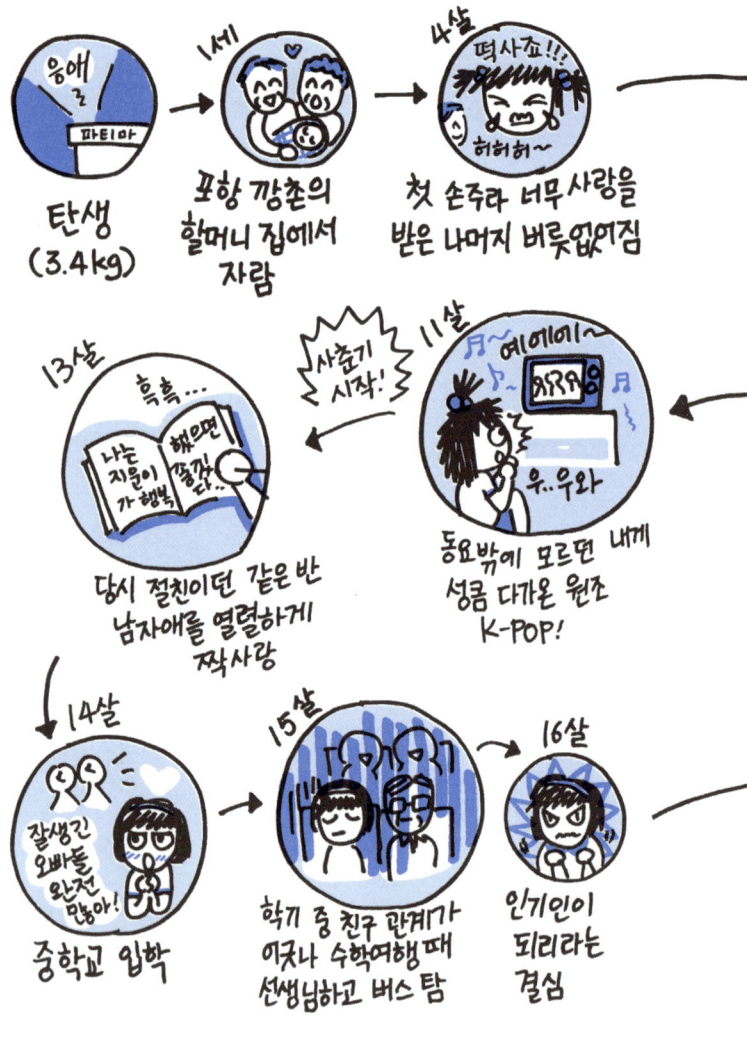

야옹이

8살 때
선물 받은
고양이 인형

지금도
배 위에
올리고
잔다

ㅋㅋ

점토를
구워 만든 것
↑

토끼
목걸이

엑스포에서
산 것으로 추정

도자기
거울

엄마가 선물로 받은 걸
졸라서 얻음

뒤가 신발 끈으로
된 모자

깔깔
꾸러기록의 완성

3-2 일기

7살 때부터
꾸준히 쓴

일기장

→ 중학교 입학 후
다이어리로 바꿈

나뭇잎 화석

조개화석

기와

수집품들 (아다 어린이 보물 1호)

발굴과 인양

Great Adventures in the World History

수백 번 읽어 책이 다 뜯어진
『발굴과 인양』 책

사각뿔
모양의
자명종

고개를 젖히면 ↓
안에 조명이
있어
밤에 책
몰래 볼 때
썼음

하이샤파 집 모양
연필 깎이

잤어야 키가 컸을 텐데..

'요즘 애들'과 '그때 애들'이 한 권의 만화에서 만났다. 로맨스, 코믹스, 모험과 스릴러 등 어린이와 관련된 모든 장르가 이 책 안에 들어 있다. 작가는 어린이를 백 번쯤 해 봤던 걸까. 아마도 동네에서 최고로 웃기는 어린이였을 그에게 '어린이 관찰 대상'을 수여하고 싶다.

아이들이 무슨 생각을 하는지, 세상이 어떻게 돌아가는지 알고 싶다면 이 책을 읽어 보기 바란다. 단단하게 굳어 버렸던 우리들의 머릿속으로 말랑 젤리 같은 어린이들이 뛰어 들어온다. 우리는 어린이를 몰랐던 것이 아니라 잊었던 것임을 깨닫고 내일로 달려가는 어린이들을 힘껏 안아 주게 될 것이다. 어린이를 대하면서 느꼈던 막막함과 두려움이 이 책을 읽으면서 사라졌다. 일단 한바탕 웃을 준비를 하고 책을 펼치는 것이 좋다.

작가는 어린이에 대한 수많은 한탄과 오해를 용맹하게 격파한 뒤에, 그들의 동료로서 같이 살고 있는 우리에게 묻는다. 이 험한 시절을 함께 헤치며 지나온 당신과 내가 어린이의 친구가 아니라면, 누가 그들의 친구가 되어 준단 말인가.

아동청소년문학평론가 **김지은**